# L'Amour conjugual

## COMÉDIE EN 4 ACTES



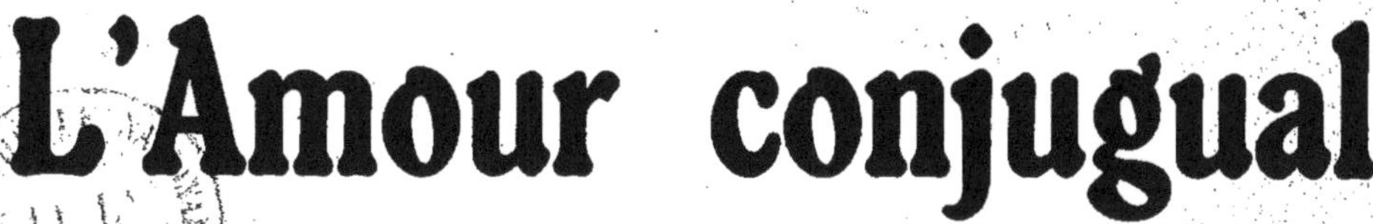

*Par l'un des auteurs de la*
*« Communion des Vivants »*
*lorsqu'il avait 11 ans.*

## ORLÉANS

### LIBRAIRIE BLANCHARD

— 29, Rue Bannier, 29 —

# L'amour conjugual

## COMÉDIE EN 4 ACTES

PAR

*l'un des auteurs de la*

## « COMMUNION DES VIVANTS »

*lorsqu'il avait 11 ans*

———•X•———

# PERSONNAGES

ANGÈLE mère du savoyard
JEAN jeune savoyard
M<sup>e</sup> DE JILLAN
M. DE JILLAN
M<sup>lle</sup> DE JILLAN
VALENTIN, domestique.
MARIE, bonne des Jillan.

Le notaire.
Le clerc.
Le suisse.
Le Bedau.
Un autre bedau
M. DE LA PAROIS
M. RIBEAU
M. RISSE

## 1<sup>er</sup> TABLEAU

*Maison de la mère Angèle.*

## 2<sup>e</sup> TABLEAU

*Rue Saint-Lazare, Paris. (Il est minuit)*

## 3<sup>e</sup> TABLEAU

*Maison des Jillan*

## 4<sup>e</sup> TABLEAU

*Mariage de Jean en Savoie*

## 5<sup>e</sup> TABLEAU

*Vie de Jean avec Mademoiselle de Jillan*

# La comédie a lieu en 1794

# Iᵉʳ ACTE

*Jean part pour la France. Etant pauvre, sa mère l'envoie en
France et dit ce qu'on verra plus tard.*


## SCÈNE 1ʳᵉ

### *La Mère et le fils*

#### LA MÈRE

Mon Fils ! il faut que tu partes pour la France gagner ton
pain ; parce que nous sommes trop malheureux, depuis la mort
de ton Père. Je suis vieille et veuve, je ne peux plus me
nourrir.

#### JEAN

Maman je partirai pour où tu me diras de partir. Mon Père
a travailler pour me nourrir, je veux te nourrir à mon tour en
travaillant.

#### LA MÈRE

La terre est bien froide et glacée. Mais prend ce manteau qui
a servi à ton Père pour le couvrir.

#### JEAN

O Mère chérie, je t'adore *(il l'embrasse)* ; je te serai dévoué
jusqu'à la fin de tes jours.

#### LA MÈRE

Maintenant tu es grand et tu peux gagner ton pain pour te
nourrir.

#### JEAN

Je pars. Mais je pleure et je gémis de peur de ne plus te
revoir *(il l'embrasse)*. Pourtant, je sais bien que tu n'es pas
près de mourrir, mais enfin, j'ai de la peine de te quitter. Je
sais bien que j'en suis obligé ; mais si Dieu ne seconde pas

notre misère nous mourrons de chagrin — Quand je serais en chemin je chanterai les douces chansons que tu me chantais, quand tu me berçais dans notre triste asile.

### La Mère

Pauvre fils ! ne pleure plus en me quittant. *(Elle l'embrasse et ils pleurent tous deux et tirent leurs mouchoirs)* en priant Dieu, tu auras ce que tu voudras ; Dieu peut faire des miracles. Quand tu seras en chemin, tu ne répèteras pas seulement les chansons que je te chantais, mais tu diras sans cesse la prière du « *Pater Noster* » et celle de l' « *Ave Maria* ». *(ils s'asseoient)*

### La Mère

Je prierai pour toi, parce que tu m'a servie et tu me serviras toujours.

### Jean

Oui ! je t'ai servie et je te servirais toujours, mais je ne pourrai jamais te rendre ce que tu m'as fait *(la mère se lève vivement et étonné.)*

### La Mère

Quoi donc ? *(le fils s'asseoit)*

### Jean

Eh bien ! m'avoir nourrit quand j'étais jeune, qu'un innocent !

### La Mère

Je vois que tu m'aimes, mais moi aussi je t'aime *(elle l'embrasse)* La seule chose que je voudrai, c'est que tu sois travailleur et que tu devienne riche et non malheureux.

### Jean

Oui ! mère chérie, je travaillerai pour devenir riche, car, quand on est pauvre, on est trop malheureux ; mais je donnerai de l'argent aux pauvres, pour qu'ils ne soient pas dans la misère.

### La Mère

Que tu est charitable ! Mais les autres le seront aussi pour toi ! et Dieu te bénira.

**JEAN**

Depuis que j'ai perdu mon Père, j'ai eu de la peine et j'en ai encore maintenant.

**LA MÈRE**

Moi aussi j'en ai eu. Tout le monde en a.

**JEAN**

C'est vrai ! *(Le domestique est dehors et on entend : toc, toc. C'est lui qui frappe les 2 personnes se lèvent)*

## 2ᵉ SCÈNE

*Les mêmes et le Domestique*

**LA MÈRE**

Entrez ! *(le fils va mettre son palteau.)*

**LE DOMESTIQUE**

Madame ! La voiture est là.

**JEAN**

Voudriez-vous descendre mes affaires en bas ?

**LE DOMESTIQUE**

Certainement. *(il prend les affaires)*

**JEAN** (pleurant)

Maman il faut donc te quitter *(il tire son mouchoir)*

**LA MÈRE**

Puisque tu vas me revoir !

**LE DOMESTIQUE**

Ne pleurez donc pas, Monsieur, puisque vous allez revoir votre Mère *(il le console).*

**JEAN**

C'est vrai !

**LE DOMESTIQUE**

Eh bien ! : Pourquoi pleurez-vous, alors ?

**JEAN**

Ah !

Le Domestique

Je descends vos affaires en bas. *(il s'en va)*

Jean

Oui !

La Mère.

Tâche de bien travailler à Paris

Jean

Je ferai tout ce que je pourrai pour devenir riche.

La Mère.

Mais ne pleure pas.

Jean

Je ne pleurerai plus, maintenant. J'ai réfléchi qu'en travaillant nous ne seront pas malheureux.

La Mère.

Mais naturellement

Jean

J'espère que je te revêrai quand je reviendrai

La Mère.

Mais oui, ne crains rien.

Jean

Eh bien ? je pars *(ils s'embrassent)*

La Mère

Adieu !

Jean

Adieu ! *(ils s'embrassent et on entend leur bruit le rideau tombe et l'acte est fini)*

# II<sup>e</sup> ACTE

## 2 Tableaux

*L'enfant n'ayant pas un sous, gémit dans la rue de St-Lazare à Paris. Il est minuit. Quant M<sup>e</sup> de Jillan le secourt, il se loge chez elle. Il y a, elle, son mari, sa fille et sa bonne.*

### I<sup>re</sup> SCÈNE

*Jean et M<sup>e</sup> Jillan*

JEAN

Vous qui passez, daignez me secourir, riche que vous êtes, généreux comme vous donnez. Je ne suis qu'un enfant de 20 ans.

M<sup>e</sup> JILLAN *(passant lui donne un sou et dit) :*

Où donc est votre Mère ?

JEAN *(Jean la remercie)*

Elle est en Savoie.

M<sup>e</sup> JILLAN

Et votre Père ?

JEAN

Il est mort, quand j'avais dix ans !

M<sup>e</sup> JILLAN

Est-elle pauvre, votre Mère ?

JEAN *(timide)*

Elle n'a pas un sou.

M<sup>e</sup> JILLAN

Eh bien ! comment se nourrit-elle ?

JEAN

Elle a une amie qui la nourrit *(il tousse)*.

M<sup>e</sup> JILLAN

Quand votre Père vivait, étiez-vous pauvres ?

JEAN

Non ! pas beaucoup.

M<sup>e</sup> Jillan

Eh bien ! comment êtes-vous devenus pauvres ?

Jean

Mon père jouait avec de l'argent, et il perdait toujours.

M<sup>e</sup> Jillan

Naet. Naet-Naet !...

Jean

C'est vrai que c'était son amusement.

M<sup>e</sup> Jillan

Venez avec moi, je vous le rendrez, votre argent. *(ils partent)*.
*(le rideau se lève et il se rebaisse et on voit un autre tableau)*.

2<sup>e</sup> SCÈNE : *Jean, M<sup>e</sup> et M<sup>lle</sup> Jillan*

La demoiselle

Bonjour, Monsieur.

Jean *(timide)*

Bonjour, Mademoiselle.

M<sup>e</sup> Jillan *(à Jean)*

Avez-vous faim ?

Jean *(encore timide)*

Je n'ai pas mangé depuis hier.

M<sup>e</sup> et M<sup>lle</sup> Jillan *(ensemble)*

Depuis hier !

Jean *(il n'est plus timide maintenant)*

Quand on n'a pas d'argent, on ne peut pas se nourrir.

M<sup>e</sup> Jillan *sonne la bonne*

3<sup>e</sup> SCÈNE

La bonne

*Toc, toc.*

M<sup>e</sup> Jillan

Entrez. Mettez la table de la salle à manger ici, et mettez le
couvert.

La bonne

Bien, Madame *(elle part)*.

## 4ᵉ SCÈNE

### Mᵉ Jillan

Asseyez-vous donc, Monsieur.

*(ils s'assoient).*

Vois-tu, Marguerite, ce jeune-homme n'a plus de père. Sa mère est pauvre, très pauvre.

## 5ᵉ SCÈNE

### La bonne

Toc, toc.

### Mᵉ Jillan

Entrez   *(Elle entre avec la table et elle met la petite table dans un coin.* Mettez un couvert en plus pour ce jeune-homme.

### La bonne

Bien, Madame !                              *(elle met le couvert).*

### Mˡˡᵉ Jillan

Mais, nous devrions le loger ici, n'est-ce pas, maman ?
*(elle regarde sa Mère). (La bonne s'en va).*

## 6ᵉ SCÈNE

### Mᵉ Jillan

Naturellement !

### Mˡˡᵉ Jillan *(à Jean)*

Monsieur, voulez-vous loger ici ?

### Jean

Je ne peux vous refuser, Mˡˡᵉ, mais, est-ce indiscret !

### Mᵉ et Mˡˡᵉ Jillan

Pas du tout !   *(La demoiselle s'en va. Elle va dire à son Père qu'il y a un malheureux).*

## 7ᵉ SCÈNE

### Jean

Vous êtes trop bonne, Madame, je vous remercie du fond de mon cœur.

### Mᵉ Jillan

De rien *(Jean est content)* Quand rentrerez-vous chez vous ?

### Jean

Quand ma mère m'écrira.

## 10ᵉ SCÈNE
*(la bonne entre et apporte le déjeûner — Mᴸᴸᵉ Jillan rentre)*

### Mᶜ JILLAN
Mettez-vous donc à table. *(ils se mettent à table)*.

## 11ᵉ SCÈNE
*(la bonne s'en va)*

### Mʳ JILLAN
Bonjour, Monsieur *(il a un sac à la main)*

### JEAN *(énergique)*
Bonjour, Monsieur.

### Mʳ JILLAN
Voilà de l'argent *(il donne son sac et se met à table)*

### JEAN *(ils mangent)*
On m'a dit qu'à Paris, dans cette ville de braves gens, on trouve tout ce qu'on veut ; on est indulgent, charitable, bon ; et c'est la vérité ; en Savoie on est ratatiné, bossu, pauvre. Tantdis que dans cette ville admirable, on est riche, droit et toujours content. Je vous remercie, Monsieur *(il tombe à genoux devant M. Jillan)*.

### Mʳ JILLAN
De rien.

## 12ᵉ SCÈNE
*(Ils ont fini de manger — la bonne vient et met la petite table et ôte l'autre — Elle s'en va)*

## 13ᵉ SCÈNE

### Mʳ JILLAN
Voulez-vous écrire une lettre à votre mère ?

### JEAN
Je voudrais bien, mais je ne sais pas écrire.

### Mᶜ JILLAN
Mais on vous l'écrira.

### Mʳ JILLAN
Certainement.

### JEAN
Je veux bien, alors.

## 14ᵉ SCÈNE

*Monsieur Jillan va chercher du papier à lettres.*

## 15ᵉ SCÈNE

*Il revient avec du papier, et s'asseoit, et prend le porte-plume.*

M. JILLAN

Allez !...

JEAN

« Maman,

Dans la rue St-Lazarre à Paris, une dame entendant mes gémissements plaintifs, me logea chez elle. J'y suis encore. Il y a son mari et sa demoiselle.

Quand tu voudras que je revienne, tu m'écriras.

Ton fils dévoué. Je t'embrasse de tout mon cœur.

Jean RIBEL.

M. JILLAN

Quelle addresse ?

JEAN

Madame Angèle Ribel, 2 rue de l'Abeille (Savoie).

## 16ᵉ SCÈNE

M. JILLAN (*sonne*)

LA BONNE

Toc-toc.

M. JILLAN

Allez porter cette lettre à la poste, s'il vous plait.

LA BONNE

Bien, Monsieur ! (*elle part*)

## 17ᵉ SCÈNE

(*Ils s'asseoient*)　　　M. JILLAN

Alors, vous n'avez plus de père ?

JEAN

Non ! Monsieur !

M. JILLAN

Votre mère, peut-elle se nourrir ?

**JEAN**

Ah ! oui !

**M. JILLAN**

Mange-t-elle bien ?

**JEAN**

Oui, i i i i i.....

**M. JILLAN**

Allons ! tant mieux !.....
Voulez-vous allez vous promener ?

**JEAN**

Je veux bien.

## 18ᵉ SCÈNE

*(ils partent et ils reviennent avec leurs palteaux).*

## 19ᵉ SCÈNE

MONSIEUR, MADAME, ET Mⁱⁱᵉ JILLAN ET JEAN

Allons ! Partons !

*(Fin du IIᵉ acte)*

# IIIᵉ ACTE

*C'est le contrat de mariage des Ribel à la Mairie.*

## 1ʳᵉ SCÈNE

### LE NOTAIRE

*(assis près d'une table, écrit)*

Mariage de Monsieur Jean Ribel avec Mⁱⁱᵉ Marguerite Jillan :
Ce 26 septembre 1794. M. Jean Ribel, fils de Mᵉ Angèle Ribel
veuve. Mⁱⁱᵉ Marguerite Jillan, fille de M. et Mᵉ Jillan.

*(il tend le billet au clerc)*

### LE CLERC

*(Il prend le billet et fait signé à Mᵉ Angèle Ribel, à M. Jillan, à Mᵉ Jillan, à Monsieur de la Parois, témoin de Jean Ribel, à M. Ribeau, témoin de Marguerite Jillan).*

LE NOTAIRE *(aux époux)*

Ayez des jours contents, vous êtes mariés, ça fait deux heureux de plus. Soyez travailleurs, maintenant, économes, bons, charitables et studieux. Plus tard, votre nom montera dans la gloire et votre âme irra tout droit devant Dieu. On dira que votre nom vaut de l'argent et ça sera la vérité.

*(Jean, Marguerite, M. et M⁀ Jillan, Madame Ribel, pleurent).*

LE NOTAIRE

Après tout, que sert de se creuser la tête, d'apprendre des choses difficiles ? ça ne sert à rien, qu'à se faire mourir....

LE CLERC *(se lève)*

Pardon ! maître Racteau !.... Votre parole est indigne de vous. Ça ne sert à rien que de se creuser la tête ? Vous en êtes sûr ?

LE NOTAIRE

Assurément.

LE CLERC

Vous vous trompez, Maître ! Travailler, étudier, apprendre est plus utile que de lambiner, d'être mou, paresseux, inintelligent, enfin tout ce qu'on veut : Le travaille est la mère des vertus.

LE NOTAIRE *(se lève)*

Ah ! ah ! ah ! ah ! ah ! Quelle comédie ! *(Il rit. — Le clerc reste toujours froid).*

LE CLERC

Qu'est-ce qui a fait remporter des victoires à Napoléon Iᵉʳ, à Turenne, à Condé ? C'est que, après un orgueil, une ambition sans pareil, ils arrivèrent à des résultats satisfaisants et que le travail et l'intelligence leur tenaient la tête. Et quand Turenne moura, tué par un boulet de canon à Salzbach il dit avant sa mort : « Je meurs ! je n'ai rien à me reprocher ; le travail, l'ambition et l'orgueil m'ont servi pour toujours. Maintenant, mon nom reste à la France ! » et il expira. Condé ? on n'a rien à lui reprocher, qu'un peu de jalousie. Pourtant, quand il était jaloux, il travaillait encore plus. — Napoléon Iᵉʳ, quand il partit pour St-Hélène il s'embarqua sur le Métropolle et dit cette parole tragique : « Je ne refouelerai plus jamais le sol de France. Au revoir ! Pauvre France ! »

Qu'y a-t-il de plus beau que cela, dites, Maître Racteau ?

Dites, si ça vaut leur intelligence ou leur paresse ?

**LE NOTAIRE**

J'en reste stupéfait ! Vous êtes juste ! je le reconnait. Je suis
de votre avi.

**LE CLERC**

M. Jean Ribel et M^lle Marguerite Jillan, soyez travailleurs
pour toujours.

**JEAN ET MARGUERITE**

C'est ce que nous allons faire.

*(le notaire s'asscoit ainsi que le clerc)*

**LE CLERC**

Bon ! c'est ce qui faut.

**LE NOTAIRE** *(il pleure)*

Pardon ! pardon ! excusez-moi, j'ai parlé sans réfléchir !

**LE CLERC**

Mais oui ! mais oui !

*(le notaire prend un violon, et le clerc un autre violon et le suisse chante*
*On entend la cloche de l'Eglise qui sonne,*
*Le notaire et le clerc chantent et se mettent près de la scène)*

Partons, pour notre pays lointain
Et prenons, le—e plus grand chemin *(bis)*
Déjà, déjà, six heures écoulées,
 «   «   «   «   passé—ées *(bis)*

*Tous ensemble*

Partons pour notre pays lointain.....
Et prenons le plu—us grand chemin *(bis)*
Déjà, déjà, six heures écoulées,
 «   «   « heu—eures passées *(bis)*

### 2^e SCÈNE

**M^e JILLAN** *(sonne)*

(Toc-toc)
Entrez, apportez le thé.

**LA BONNE**

Bien, Madame *(Elle s'en va. — On entend crier dans la rue — c'est un fou*
*qui tappe tout le monde)*

### 3^e SCÈNE

**LE NOTAIRE**

Qu'est-ce qu'il y a donc ? *(il ouvre la fenêtre)*
Qu'y a-t-il ? — un fou !

**M. Ribel**

Fermez la fenêtre ! Il pourrait avoir un malheur.

**Le notaire**

Voilà des sergents de ville qui court après lui.
*(ils viennent tous à la fenêtre — le notaire la ferme — ils reviennent et disent :)*
Que c'est amusant ! *(ils rient)*

## 4ᵉ SCÈNE

Toc-toc.

**Mᵉ Jillan**

Entrez ! Mettez le thé sur la table.

**La bonne**

Bien Madame.
*(Mᵉ Jillan va aider la bonne — la bonne s'en va — ils boivent le thé)*

## 5ᵉ SCÈNE

**Le notaire**

Allons. Partons.
Au revoir Mᵉˢ et Mʳˢ. A demain à la Chapelle.
*(la famille leur dit au revoir — ils partent)*
*(Le suisse marche en avant et joue de la trompette)*

## 6ᵉ SCÈNE

**M. Ribeau**

Ce qu'ils sont drôles, tout de même *(il rit)*

**M. de la Parois**

Ah ! oui !

**M. Ribeau**

Nous allons vous quitter *(M. Ribeau et M. de la Parois se lèvent)*

**M. de la Parois**

Aurevoir, Mʳˢ et Mᵉˢ.

**M. Ribeau**

Aurevoir, Mʳˢ et Mᵉˢ *(ils vont reconduire Mʳˢ Ribeau et de la Parois)*

## 7ᵉ SCÈNE

*(ils reviennent)* **M. Jillan**

Maintenant, allons nous coucher *(ils se donnent tous la main)*
*(3ᵉ Acte fini)*

# IVᵉ ACTE

*C'est la vie des Ribel, ou l'amour conjugual*

## 1ʳᵉ SCÈNE
*(Jean arrive et Marguerite est assise dans un fauteuil. Il fait des vers)*

JEAN

Un jour, il était parti en voyage
Et il... il.. i... i. i.. i... oh !
Un jour il était parti en voyage
Et il... i.. i... i... i. i. i. i.
      Allons ! donc ! ça ne va pas.

MARGUERITE

De la patience, mon cher Jean.

JEAN

Un jour il était parti en voyage
Et il était jeune en âge...

MARGUERITE

Et après ?

JEAN

Il voyait de belles choses
Et. et. et.. et.. et... et... Allons !
Un jour il était parti en voyage
Et il était jeune en âge
Et il les trouvait belles ces choses

MARGUERITE

Ah ! ils sont jolis tes vers ! Ben vrai ! ah ! ah ! ah ! ah ! *(elle rit)*

JEAN

Ah ! ah ! ah ! Est-ce que les femmes savent jouer ou faire
des vers ? Ah ! tu me fais perdre la tête.

MARGUERITE

Certainement.

JEAN

Eh bien ! dis-m'en donc de ta composition ?

MARGUERITE *(va se mettre au piano)*

Debout ! le jour a lui sur la côte escarpée :
L'or du soleil, dans le lointain crépite et bout.
Va ; c'est l'heure ; voici la cuirasse et l'épée,
Debout ! le jour a lui ; Debout !
Voici la cuirasse et l'épée,
Et souviens-toi d'aller sans faillir, jusqu'au bout.
Ah ! ah ! ah ! ah ! ah ! ah ! ah ! ah ! ah !

JEAN *(étonné)*

Et c'est de toi ?

MARGUERITE

Mais, naturellement.

JEAN

Et bien ! moi, écoute :

*(il va se mettre au piano)*

Ceux qui pieusement sont morts dans la patrie
Ont droit qu'à leur cercueil ; la foule vient et prie.
Entre ! les plus beaux noms sont les plus beaux
Toute gloire, auprès d'eux tombe et passe, éphémère.

2ᵉ SCÈNE

*(la bonne vient et ronchonne en partant)*

3ᵉ SCÈNE

Et comme le ferait une mère
La voix d'un peuple entier, les berce en leurs tombeaux.
Gloire à notre France éternelle,
Gloire à ceux qui sont morts pour elle,
Aux martyrs, aux vaillants, aux forts,
A ceux qu'enflamme leur exemple
Qui veulent place dans le temple
Et mourront comme ils sont morts — comme ils sont morts.

MARGUERITE

Mais c'est magnifique ! il faut chanter, na.

JEAN

Ça m'est égal.
*(on entend la sonnette qui sonne. — C'est la sonnette de la porte d'entrée)*

MARGUERITE

Ah ! on sonne !

JEAN

Oui !

## 4ᵉ SCÈNE

Toc, toc.
Entrez.

LA BONNE

Il y a un monsieur qui apporte un saxophone.

JEAN

Dites-lui d'entrée.

LA BONNE

Bien Monsieur *(elle s'en va)*.

## 5ᵉ SCÈNE

*(Marguerite s'en va — le Monsieur entre)*

## 6ᵉ SCÈNE

M. RISSE

Bonjour Monsieur *(il lui donne la main)*

JEAN

Bonjour ! Monsieur Risse.

M. RISSE

Comment allez-vous ?

JEAN

Pas mal, merci, et vous-même ?

M. RISSE

Ah ! je vous remercie, je vais très bien…Voilà votre saxophone
*(il lui tend)*.

JEAN *(il le prend et le retire de l'étui)*

Merci !

#### M. RISSE

Pardon ! Monsieur *(il prend le saxophone et joue)*

#### JEAN

Ah ! bon ! *(il le reprend)*

#### M. RISSE

Vous devez savoir jouer, déjà ?

#### JEAN

Ah ! oui !

#### M. RISSE

Aurevoir, Monsieur Ribel.


## 7ᵉ SCÈNE

#### JEAN

Aurevoir, Monsieur Risse *(Jean dépose son instrument et ils s'en vont)*


## 8ᵉ SCÈNE

*(Marguerite rentre, elle est habillée pour sortir)*


## 9ᵉ SCÈNE *(Jean rentre)*

#### JEAN

Ah ! il est joli mon instrument, dis, Marguerite ?

#### MARGUERITE

Mais il doit avoir coûté cher ?

#### JEAN

500 francs.

#### MARGUERITE

Ce n'est pas trop cher.

#### JEAN

Ah ! oui !

#### MARGUERITE

Tu sais jouer ?

#### JEAN

Mais oui ! Tiens ! *(il joue)*

#### MARGUERITE

Mais, c'est très bien .

**JEAN**

Ah !... avec tout cela quelle heure est-il ? *(il regarde à sa montre)*
Déjà 3 heures ! mais il faut que j'aille m'habiller !

**MARGUERITE**

Dépêche-toi !

**JEAN**

Oui *(il part)*

## 10ᵉ SCÈNE

**MARGUERITE**

Il faut donc te quitter pendant un an !
*(5 minutes se passent et Jean revient. Il est habillé en soldat et il a une valise)*

**JEAN**

Petite Marguerite, il faut que je te quitte *(il rit)*

**MARGUERITE**

Ah ! oui ! toi tu ris, mais moi je ne ris pas. *(elle pleure)*
Toi, ça t'est égal, mais moi, ça m'ennuie !

**JEAN**

Mais, ne pleure donc pas ! *(il l'embrasse)*

**MARGUERITE**

Çà m'ennuie *(elle pleure encore plus)*

**JEAN** *(froid)*

Je vois ton amour conjugual envers moi !
Eh bien ! non ! je ne pars pas pour être soldat, mais j'ai
voulu voir si tu m'aimais.

*(Jean ôte d'abord sa casquette, ses gants, sa veste, son gilet, son pantalon, ses bottines, ses chaussettes, son caleçon, sa chemise et on le voit habillé en civil.*
*Marguerite ôte d'abord son chapeau, sa voilette, sa plisse, sa veste, son plastron, sa robe, son jupon, ses bottines et on la voit en robe de chambre.*
*Ils se donnent la main et disent :*

# « Vive l'amour Conjugual ! »

RAYMOND LAURAINE

# La Communion des Vivants [1]

I. — **La Montée.**
II. — **La Chapelle de Souffrance** (*En préparation*).

## I. — LA MONTÉE.

« Pour elle, comme pour lui, ce qui constituait la grandeur du mariage, c'est le don mutuel et sans réserve de deux êtres ayant la même résonance d'âme et le même désir de s'éterniser. Mais un tel engagement, s'il ne veut être une infamie ou une erreur cruelle, exige une liberté exclusive des influences matérialistes et des réticences intéressées. Une même lumière de franchise doit éclairer le passé. Rien du présent ne peut être caché. Les rêves d'avenir sont communs » (P. 113).

« Louise, je viens de te faire l'aveu qu'exigeait ma conscience. Je n'en ai guère de mérite : ma nature répugne à la félonie de ces hommes qui étrangleraient leur épouse dans le lit nuptial, s'ils apercevaient en elle la marque d'une défaillance qu'eux-mêmes ont eue maintes fois » (P. 117).

« Au-dessus de toi se trouve quelque chose qui nous dépasse, notre idéal. Tu en es l'expression la plus parfaite, et c'est pour cela que je t'aime » (P. 136).

« Notre amour sera impérissable, s'il n'a pas nos cœurs pour vases clos... Nous créerons dans l'amour, tout est là. Il faut se survivre. Les grands artistes pétrissent de la matière. Nous, nous ferons mieux. Nous insufflerons une âme immortelle dans une chair vivante » (P. 137).

---

[1] Crès et Cie, 116, boulevard St-Germain, Paris.